La Ligo de Ruĝharuloj

La aventuroj de Ŝerloko Holmso
de
Sir Arthur Conan Doyle

Traduko de Oliver Kim

Aventuro 2: La Ligo de Ruĝharuloj
La aventuroj de Ŝerloko Holmso
de Sir Arthur Conan Doyle

en libera kaj pli facile legebla traduko el la angla.

Originala titolo: The Red-Headed League (1891)
Verkisto: Sir Arthur Conan Doyle (1859 - 1930)
Desegnaĵoj: Sidney Paget (1860 - 1908)

Eldono: unua (2017)
Lingva nivelo: meza
Eldonejo: Verda Olivo
Retejo: http://www.verdaolivo.com

ISBN-13: 978-1973916246
ISBN-10: 197391624X

La Ligo de Ruĝharuloj

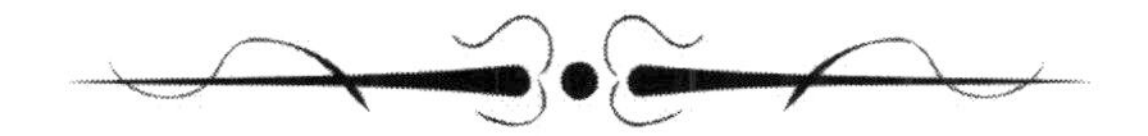

Mi vizitis mian amikon, sinjoro Ŝerloko Holmso, iam en la aŭtuno de la pasinta jaro. Li parolis kun dika, maljuna viro, kiu havis fajre ruĝajn harojn. Mi pardonpetis kaj volis foriri, sed Holmso tiris min en la ĉambron. Li fermis la pordon malantaŭ mi.

"Vi venis ĝustatempe, kara Vatsono," li diris afable.

"Mi timis, ke vi estas okupata."

"Mi ja estas okupata, eĉ tre okupata."

"Mi povas atendi vin en la apuda ĉambro."

"Certe ne. Sinjoro Vilsono, tiu sinjoro estas mia kunlaboranto kaj helpanto doktoro Vatsono. Li jam helpis min solvi multajn kazojn. Mi certas, ke li helpos min solvi ankaŭ vian kazon."

La sinjoro ekstaris de la seĝo por saluti min. Li mallonge rigardis min scivoleme.

"Bonvolu sidiĝi," diris Holmso. Li sidiĝis sur sia brakseĝo kaj kunmetis la fingropintojn.

"Mi scias, mia kara Vatsono, ke vi ŝatas ĉion, kio estas neordinara. Tiel vi similas al mi. Vi montras

Sinjoro Jabezo Vilsono.

entuziasmon, dum vi kronikas miajn malgrandajn aventurojn [1]."

"Viaj kazoj ja vere tre interesas min," mi diris.

"Vi memoru, ke mi iam diris, ke se oni volas sperti strangajn kaj nekutimajn okazojn, tiam oni devas sperti la vivon mem. La vivo ĉiam estas pli stranga ol iu fantaziaĵo."

"Mi pridubis tiun supozon."

"Jes, vi ĝin pridubis, doktoro, sed tamen vi devas konsenti kun mi. Mi povas montri al vi faktojn, kiuj pruvas mian vidpunkton. Tiam vi konsentos, ke mi pravas. Nu, sinjoro Vilsono venis ĉi-matene por rakonti al ni tre strangan okazon. Mi iam diris, ke la plej strangaj kaj nekutimaj okazoj ofte estas ligitaj kun malgrandaj krimoj. Kelkfoje krimo eĉ ne okazis. Mi ankoraŭ ne povas diri, ĉu tiu ĉi kazo fakte enhavas krimon, aŭ ne. Tamen la rakonto estas unu el la plej strangaj, kiujn mi iam ajn aŭdis. Bonvolu, sinjoro Vilsono, rakonti ĉion dekomence. Doktoro Vatsono ne aŭdis la komencon de via atesto, kaj ankaŭ mi volas aŭdi refoje ĉiun detalon. Mi ĝenerale komparas la novajn kazojn kun miloj da aliaj kazoj, kiujn mi jam spertis. Mi devas konfesi, ke tiu afero tute malsimilas al la aliaj kazoj, kaj ke ĝiaj faktoj estas unikaj."

La brusto de nia kliento ŝvelis pro fiero. Li elmetis malpuran kaj ĉifitan gazeton el sia poŝo. Li rigardis la anoncan rubrikon. Lia kapo kliniĝis antaŭen, dum li glatigis la gazeton sur siaj genuoj. Mi rigardadis lin atenteme. Mi volis eltrovi iun indikon pri lia karaktero, same kiel Holmso ofte faris.

Lia vestaĵo, tamen, ne permesis al mi gajni iun informon. Nia vizitanto aspektis kiel ordinara brita komercisto. Li portis iom vastan, grizan pantalonon, ne tro puran mantelon kaj malhelan veston. Ĉifita ĉapelo kaj bruna mantelo kuŝis sur la seĝo apud li. Entute, lia aspekto ne estis rimarkinda, krom lia brile ruĝa kapo. Lia vizaĝo ankaŭ montris grandan senesperon.

Ŝerloko Holmso vidis, ke mi rigardadas nian vizitanton, kaj li skuis la kapon kun rideto. "Estas evidente, ke li iam laboris per manoj, prenas flartabakon [2], estas framasono [3], iam vizitis Ĉinion kaj skribis multe."

Sinjoro Jabezo Vilsono ekstaris pro surprizo, sed lia fingro ankoraŭ restis sur la gazeto. Li rigardis mian kunulon.

"Kiel, diable, vi eksciis tiujn faktojn, sinjoro Holmso?" li demandis. "Kiel vi eksciis, ke mi laboris per la manoj? Vi pravas. Mi komencis labori kiel lignaĵisto [4] sur ŝipo."

"Temas pri viaj manoj, kara sinjoro. Via dekstra mano estas pli granda ol via maldekstra. Ĝiaj muskoloj estas pli fortaj."

"Do, kiel vi eksciis, ke mi prenas flartabakon kaj, ke mi estas framasono?"

"Mi ne volas pridubi vian intelekton, sed vi portas la emblemon de la framasonoj, kvankam porti ĝin estas malpermesite laŭ la reguloj de via ordo."

"Ah, kompreneble, tion mi forgesis. Kiel vi eksciis, ke mi multe skribis?"

"Via dekstra maniko estas tute glata kaj ĝi eĉ brilas. Ankaŭ la maldekstra maniko aspektas pli eluzita tie, kie vi metis ĝin sur la tablon."

"Kaj pri Ĉinio?"

"Vi havas tatuon de fiŝo sur via dekstra brako. Oni faris tiun tatuon en Ĉinio. La fiŝo estas rozkolora, kaj tion oni faras nur tie. Mi iam studis tatuojn kaj eĉ skribis pri tiu temo. Mi ankaŭ vidas ĉinan moneron pendi de ĉeno. Dedukti, ke vi iam vizitis Ĉinion, tial estis facila tasko."

Sinjoro Jabezo Vilsono ridis laŭte. "Mi komence pensis, ke vi faris iun ruzaĵon, sed nun mi vidas, ke eltrovi tiujn informojn estis facile."

"Ĉu vi povis trovi la anoncon?"

"Jes, jen ĝi estas." Li respondis kun sia dika, ruĝa fingro sur la gazeto. "Tio estis la komenco de ĉio. Legu ĝin mem, sinjoro."

Mi prenis la gazeton kaj legis.

"Al la Ligo de Ruĝharuloj: Laŭ la testamento de forpasinta Ĥizikijo Hopkinso el Lebanono, Pensilvenio, Usono, plia posteno nun estas libera. Anoj de la Ligo rajtas gajni la salajron de £4 por unu semajno [5]. La laboro estas facila. Ĉiu sana viro kun ruĝaj haroj, kiu aĝas pli ol 21 jarojn, povas kandidati. Venu persone, lunde je la dek-unua horo, por paroli kun Dunkano Roso en la oficejo de la Ligo, Papokorto 7, Flitstrato."

"Diable, kion tio signifas?" mi kriis.

Holmso subridis kaj li skuiĝis en sia seĝo. Li kutime faris tion, kiam li sentis sin gaja.

"La anonco vere estas originala, ĉu ne? Sinjoro Vilsono, bonvolu rakonti al ni ĉion pri vi, pri via hejmo kaj pri la efiko de tiu anonco al via vivo.

Diable, kion tio signifas?

Notu, doktoro, la nomon de la gazeto kaj ĝian daton."

"Ĝi estas La Matena Kroniko de la 27-a de aprilo, 1890. Tio estis antaŭ nur du monatoj."

"Bone. Bonvolu komenciĝi, sinjoro Vilsono."

"Do, mi jam klarigis al vi mian situacion, sinjoro Ŝerloko Holmso," diris Jabezo Vilsono, dum li sekigis sian frunton. "Mi posedas malgrandan lombardejon [6]. Ĝi ne estas granda entrepreno. Dum la lastaj jaroj, mi gajnis per ĝi sufiĉe da mono por vivi. Mi iam havis du asistantojn, sed nun mi nur dungas unu. Li konsentis labori por duona salajro, ĉar li volas lerni la laboron. Mi tial ne havas malfacilaĵojn pagi lin."

"Kio estas la nomo de tiu junulo?" demandis Holmso.

"Li nomiĝas Vincento Spaŭldingo, kaj li ne estas juna. Mi ne scias lian aĝon. Li estas bona asistanto kaj li povus gajni la duoblan monon, se li trovus pli bonan laboron. Sed li estas kontenta pri la salajro. Do, kial mi enmetu ideojn en lian kapon?"

"Vi povas esti feliĉa, ke vi havas helpanton, kiu kostas tiom malmulte."

"Tamen, ankaŭ li ne estas perfekta," diris sinjoro Vilsono. "Li tre ŝatas fotografi. Li fotografas kaj poste li malaperas en la kelon, kiel kuniklo, por riveli [7] la filmon. Tiu estas lia ĉefa manko, sed ĝenerale li laboras bone."

"Ĉu li ankoraŭ laboras en via lombardejo?"

"Jes sinjoro. Li kaj dek-kvarjara knabino laboras por mi. Ŝi kuiras simplajn manĝaĵojn kaj purigas la domon. Mi estas vidvo kaj mi neniam havis familion. Ni tri vivas sole. Ni havas tegmenton super niaj kapoj kaj ni povas pagi niajn ŝuldojn."

"Tiu anonco estis la unua fojo, ke io eksterordinara okazis en nia vivo. Spaŭldingo venis en la oficejon antaŭ ok semajnoj. Li kunportis tiun gazeton kaj diris:"

"'Estas bedaŭrinde, ke mi ne havas ruĝajn harojn.'"

"'Kial?' mi demandis."

"'Jen nova posteno en la Ligo de Ruĝharuloj. Viro, kiu laboras tie, enspezas bonan monsumon. Evidente pli da laborlokoj estas liberaj, ol viroj, kiuj povus plenigi ilin. La kuratoroj, do, ne scias kion fari kun la mono.'"

"'Do, pri kio temas?' mi demandis. Vi sciu, sinjoro Holmso, ke mi estas tre retiriĝema homo. Mi povas labori sen eliri el la domo. Tial mi ne scias multe pri kio okazas en la ekstera mondo. Novaĵoj tial ĉiam interesas min."

"'Ĉu vi jam aŭdis pri la Ligo de Ruĝharuloj?' li demandis min kun grandaj okuloj."

"'Neniam,' mi diris."

"'Tio surprizas min, ĉar vi rajtas kandidati por unu el tiuj postenoj.'"

"'Kaj, kiom ili pagas?' mi demandis."

"'Ho, ili pagas kelkcent pundojn por jaro, kaj la laboro estas facila, kaj ĝi ne malhelpas vian alian laboron.'"

"Tiu laboro interesis min, ĉar mia entrepreno ne enspezis multe da mono dum kelkaj jaroj. Gajni pli da mono tial konvenis al mi."

"'Rakontu ĉion pri ĝi al mi,' mi diris."

Jen nova posteno en la Ligo de Ruĝharuloj.

"Li montris al mi la anoncon. 'Vi povas vidi, ke la Ligo havas liberan postenon. Jen adreso, se vi bezonas plian informon. Usona milionulo, Ĥizikijo Hopkinso, fondis la Ligon. Li mem havis ruĝajn harojn kaj sentis grandan simpation al aliaj homoj kun ruĝaj haroj. Kiam li forpasis, li postlasis grandegan monsumon al kuratoroj. Li ordonis al ili doni facilan laboron al ruĝharaj viroj. Mi povis ekscii, ke la pago estas bonega kaj la laboro estas tre facila.'"

"'Sed milionoj da ruĝharaj viroj kandidatos,' mi diris."

"'Ne tiom multe, kiom vi pensas,' li respondis. La laboro estas nur por londonanoj kaj plenkreskaj viroj. Tiu usonano laboris en Londono, dum li ankoraŭ estis juna. Li poste volis redoni sian dankon al la urbo. Mi ankaŭ aŭdis, ke estas vane kandidati, se viaj haroj ne estas fajre ruĝaj. Se vi volas kandidati, vi havas bonajn ŝancojn. Vi enspezos kelkcent pundojn.'"

"Vi povas vidi, sinjoroj, ke mi ja havas fajre ruĝajn harojn. Tial mi pensis, ke mi fakte havas bonajn ŝancojn en tiu konkurso. Vincento Spaŭldingo sciis multe pri tiu afero, kaj mi petis lin, ke li kuniru kun mi. Dum tiu tago ni fermis la lombardejon, kaj li ĝojis pri la libera tempo. Ni iris kune al la adreso menciita en la anonco."

"Mi neniam antaŭe spertis tian vidaĵon, sinjoro Holmso. Ĉiu viro kun eĉ la plej malgranda indiko de ruĝeco en la haroj venis. Ĉiu el ili volis kandidati por la ofico. Flitstrato estis plena de homoj kun ruĝaj kapoj, kaj Papakorto aspektis kiel ĉaro kun oranĝoj. Mi ne antaŭvidis, ke ekzistas en la lando tiom multe da homoj kun ruĝaj haroj. Tamen, kiel Spaŭldingo ĝuste diris, ne multaj el ili havis la fajre ruĝajn harojn, kiujn mi havas. Mi vidis la longajn vicojn de homoj kaj mi preskaŭ rezignis. Spaŭldingo, tamen, ne permesis al mi foriri. Mi ne scias kiel li sukcesis, sed li puŝis min tra la homamaso rekte al la ŝtuparo, kiu gvidis al la oficejo. Tie estis du vicoj de homoj. Unu vico iris supren kun espero, la alia vico malsupren. Tiuj homoj estis rifuzitaj. Ni puŝiĝis antaŭen kaj baldaŭ troviĝis en la oficejo."

"Via rakonto estas tre interesa," rimarkigis Holmso, dum lia kliento paŭzis por preni flartabakon. "Bonvolu daŭri."

"Nenio estis en la oficejo, krom kelkaj lignaj seĝoj kaj tablo. Malgranda viro sidis malantaŭ ĝi, kaj liaj haroj estis eĉ pli ruĝaj, ol miaj. Li diris kelkajn vortojn al ĉiu kandidato, kaj li ĉiam trovis ion por ekskludi ilin. Fakte, akiri la laboron ŝajnis esti malfacile. Tamen, kiam li parolis kun ni, li estis pli favora al ni, ol al la aliaj homoj. Li fermis la pordon por interparoli kun ni senĝene."

"'Jen sinjoro Jabezo Vilsono,' diris mia asistanto. 'Li ŝatus ekhavi la laboron en la Ligo.'"

"'Kaj li estas tute taŭga por la laboro,' respondis la alia. Li taŭgas ĉiurilate kaj mi ne memoras, ke mi antaŭe iam vidis harojn tiel bonajn. Li iris malantaŭ min, klinis sian kapon kaj rigardis miajn harojn, ĝis mi sentis min embarasa. Subite li prenis mian manon, kaj li gratulis min kore por mia sukceso."

"'Ne ekzistas kialo por heziti,' li diris. 'Tamen bonvolu pardoni mian antaŭgardon.' Subite li prenis miajn harojn ambaŭmane kaj tiris ilin. Mi ekkriis

Subite li prenis mian manon,
kaj li gratulis min kore por mia sukceso.

pro doloro. 'Videblas larmoj en viaj okuloj,' li diris. 'Ĉio ŝajnas esti bona. Ni devas esti atentemaj, ĉar oni jam trompis nin dufoje. Iu iam portis perukon, kaj alia viro farbis siajn harojn.' Li iris al la fenestro kaj kriis, ke la laboro ne plu estas havebla. Aŭdeblis senesperaj ĝemoj, kaj ĉiuj malaperis. La solaj ruĝharaj homoj, kiuj restis, estis mi kaj la direktoro."

"'Mia nomo estas Dunkano Roso, kaj mi mem ricevas monon de la fondaĵo,' li diris. 'Ĉu vi estas edzigita? Ĉu vi havas familion?'"

"Mi diris, ke mi estas sola. Subite li aspektis malgaja."

"'Ho, ve,' li diris malĝoje. 'Tio estas serioza afero, kaj mi bedaŭras aŭdi tion. La celo de la fondaĵo estas la disvastigado de ruĝharuloj. Estas bedaŭrinde, ke vi estas fraŭlo.'"

"Mi seniluziiĝis, sinjoro Holmso, ĉar mi pensis, ke mi ne ekhavos la laboron. Sed li pripensis la aferon dum kelkaj minutoj kaj fine li diris, ke tio ne estas problemo."

"'Ni devas subteni virojn kun haroj, kiel viaj. Kiam vi povas komenci vian novan laboron?'"

"'La situacio estas iel malfacila, ĉar mi jam havas entreprenon,' mi diris."

"'Ho, ne zorgu pri ĝi, sinjoro Vilsono,' diris Vincento Spaŭldingo. 'Mi povas prizorgi ĝin por vi.'"

"'Kiam mi devas labori?' mi demandis."

"'De la deka ĝis la dua horo.'"

"Nu, lombardistoj kutime laboras vespere, precipe ĵaŭde kaj vendrede. Tre konvenis al mi labori dum la mateno. Cetere, mi sciis, ke mia asistanto laboras fidinde, kaj ke li bone prizorgos ĉiujn aferojn."

"'Tio konvenas al mi,' mi diris. 'Kaj, kiom ili pagos min?'"

"'Vi ricevos kvar pundojn por unu semajno.'"

"'Kaj kia estas la laboro?'"

"'Ĝi estas tre facila.'"

"'Kio signifas tion?' mi demandis."

"'Nu, vi devas esti en la oficejo, almenaŭ en la domo, dum la tuta tempo. Se vi foriros, tiam vi perdos vian laboron por ĉiam. La testamento estas tute klara pri tiu punkto. Vi ne plenumas la kontrakton, se vi eliras el la oficejo en tiu tempo.'"

"'La laboro daŭras nur kvar horojn en tago, kaj mi ne foriros,' mi diris."

"'Ekskuzoj ne estas akcepteblaj,' diris sinjoro Dunkano Roso. 'Nek malsano, nek via komerco, nek io ajn alia estas akcepteblaj. Vi devas resti ĉi tie, se vi ne volas perdi vian laboron.'"

"'Kio estos mia laboro?'"

"'Vi devas kopii la Britan Enciklopedion. La unua libro troviĝas en tiu ŝranko. Vi devas kunporti vian propran inkon, skribilojn kaj paperon. Ni provizas ĉi tiun tabelon kaj seĝon. Ĉu vi povos komenci la laboron morgaŭ?'"

"'Certe,' mi respondis."

"'Do, ĝis revido, sinjoro Jabezo Vilsono. Mi refoje volas gratuli vin pro la laboro, kiun vi gajnis.' Li gvidis min el la ĉambro kaj mi iris hejmen kun mia asistanto. Mi apenaŭ sciis kion diri aŭ fari, ĉar mi sentis min tiel feliĉa pro tiu bonŝanco."

"Nu, mi pripensis la aferon la tutan tagon. Vespere mi refoje sentis min senespera. Mi pensis, ke la tuta afero estus granda trompo. Mi ne povis imagi, kial iu pagus tiom multe da mono nur por la kopiado de la Brita Enciklopedio. Vincento Spaŭldingo provis kuraĝigi min, sed li ne sukcesis. La sekvan matenon, mi tamen aĉetis inkon. Mi poste iris al la oficejo kun skribilo kaj papero."

"Mi estis surprizita kaj mi ĝojis, ĉar ĉio estis preta. Oni pretigis la tabelon por mi. Sinjoro Dunkano Roso petis min komenci mian laboron. Li donis al mi la unuan libron kun la litero 'A', kaj poste li foriris. Tamen li kontrolis min de tempo al tempo, por vidi, ĉu ĉio estas en ordo. Je la dua, li venis por adiaŭi min. Li gratulis min por la kvanto, kiun mi skribis, kaj li ŝlosis la pordon de la oficejo malantaŭ mi."

"Tio okazis ĉiutage. La direktoro donis al mi kvar orajn suverenojn [8] ĉiun sabaton por la laboro de la semajno. Li faris tion ĉiusemajne. Ĉiutage mi skribis de la deka ĝis la dua. Sinjoro Dunkano Roso komence venis unufoje en la mateno, sed post iom da tempo, li ne plu venis. Kompreneble mi ne kuraĝis eliri el la ĉambro. Mi ja ne sciis, kiam li revenos. La laboro estis tiel konvena kaj bone pagita, ke mi ne volis perdi ĝin."

"Ok semajnoj pasis tiel. Dum tiu tempo mi skribis pri Abatoj, Armado, Arĥitekturo kaj Atiko. Mi esperis baldaŭ atingi la literon 'B', kaj mi preskaŭ plenigis breton per miaj paperoj. Kaj subite la tuta afero finiĝis."

"Ĉu finiĝis?"

"Jes, sinjoro. Ĝi finiĝis hodiaŭ matene. Mi iris al la laborejo je la deka kiel ĉiam, sed la pordo estis

La pordo estis fermita kaj ŝlosita.

fermita kaj ŝlosita. Noto estis sur la pordo. Jen ĝi estas, vi mem legu ĝin."

Li montris al ni blankan karton, kiu havis la grandecon de nota papero. Ĝi tekstis:

La Ligo de Ruĝharuloj ne plu ekzistas.
9-a de Oktobro, 1890.

Ŝerloko Holmso kaj mi legis tiun mallongan anoncon. La tuta afero estis tiel komika al ni, ke ni ambaŭ komencis ridi laŭte.

"Tio ne estas amuza!" ekkriis nia kliento. "Mi foriras, se vi ridas."

"Ne, ne," kriis Holmso, dum li puŝis lin reen sur la seĝon.

"Mi certe volas solvi tiun kazon. Ĝi estas tre interesa. Sed via rakonto tamen estas iel amuza. Kion vi faris, post kiam vi trovis la noton sur la pordo?"

"Mi estis surprizita kaj ne sciis, kion fari. Mi demandis la homojn en la aliaj oficejoj, sed neniu sciis ion pri la Ligo. Fine, mi iris al la luiganto, kiu vivas en la teretaĝo. Mi demandis lin pri la Ligo. Li diris, ke li neniam aŭdis pri ĝi. Mi poste demandis lin pri Dunkano Roso, kaj li respondis, ke li ne konas la nomon."

"'Nu, temas pri la sinjoro de ĉambro kvar,' mi diris."

"'Ĉu temas pri la viro kun la ruĝaj haroj?'"

"'Jes.'"

"'Ho, lia nomo estas Viliamo Moriso. Li estas advokato. Li bezonis la ĉambron nur dum mallonga tempo, ĉar lia nova oficejo ankoraŭ ne estis preta. Li foriris hieraŭ.'"

"'Kie mi povas trovi lin?'"

"'Ho, en lia nova oficejo. Li diris al mi sian novan adreson.'"

"Mi iris tien, sinjoro Holmso, sed kiam mi atingis la lokon, mi vidis, ke ĝi estas fabrikejo por artefaritaj genuoj. Neniu tie iam aŭdis pri sinjoro Viliamo Moriso aŭ sinjoro Dunkano Roso."

"Kaj kion vi faris poste?" demandis Holmso.

"Mi iris hejmen al Saks-Koburga Placo kaj sekvis la konsilon de mia asistanto. Sed li ne povis helpi min. Li nur diris, ke mi atendu, kaj fine mi aŭdos de ili per poŝto. Sed tiu konsilo ne kontentigis min, sinjoro Holmso. Mi ne volis perdi la laboron sen batalo. Mi aŭdis, ke vi konsilas homojn, kiuj bezonas helpon. Tial mi rekte iris al vi."

"Vi agis tre saĝe," diris Holmso. "Via kazo estas treege interesa. Mi esploros ĝin kun plezuro. Mi pensas, ke eble tiu kazo enhavas eĉ pli gravajn aferojn."

"Ĉu pli gravajn?" demandis sinjoro Jabezo Vilsono. "Mi ja perdis kvar pundojn semajne."

"Rilate al vi," rimarkigis Holmso, "vi ne sentu vin amara pri tiu ligo. Male, vi ja gajnis proksimume 30 pundojn kaj nun vi scias multe pri diversaj temoj de la litero 'A'. Vi ne perdis ion al ili."

"Ne sinjoro, sed mi volas scii pli pri ili, pri la celo de tiu trompo, se fakte estis trompo. Tiu ŝerco estis multekosta al ili, ĉar ili pagis tridek-du pundojn."

"Ni klopodos klarigi tiujn punktojn por vi. Komence mi havas unu aŭ du demandojn por vi, sinjoro Vilsono. Temas pri via asistanto, kiu atentigis vin pri la anonco en la gazeto. Ekde kiam li jam laboris por vi?"

"Mi dungis lin antaŭ unu monato."

"Kiel li trovis vin?"

"Li respondis al anonco."

"Ĉu li estis la sola kandidato?"

"Ne, dekoj da kandidatoj venis."

"Kial vi elektis lin?"

"Li estas lerta kaj ne kostas multe."

"Fakte, nur la duonon salajron."

"Jes."

"Kia li estas, tiu Vincento Spaŭldingo?"

"Li estas malgranda, forta kaj lerta. Li ne havas harojn en sia vizaĝo, kvankam li aĝas preskaŭ tridek jarojn. Li havas blankan makulon sur sia frunto."

Holmso rektiĝis en sia seĝo kun ekscito. "Tion mi supozis," li diris. "Ĉu vi povis vidi, ĉu liaj oreloj estas trapikitaj por orelringoj?"

"Jes sinjoro. Li diris al mi, ke cigano [9] faris tion por li, kiam li estis knabo."

"Hm!" diris Holmso, profunde pensante. "Ĉu li ankoraŭ estas kun vi?"

"Ho, jes, sinjoro. Mi ĵus foriris de li."

"Ĉu li prizorgas vian entreprenon, dum vi estas for?"

"Mi ne povas plendi pri li, sinjoro. Ne estas multe da laboro dum la mateno."

"Tio sufiĉas, sinjoro Vilsono. Mi donos al vi mian opinion pri tiu temo post unu aŭ du tagoj. Hodiaŭ estas sabato, kaj mi esperas, ke ni povas fini la kazon ĝis lundo."

Li kurbiĝis en sia seĝo kaj tiris siajn genuojn al sia birdo-simila nazo.

"Nu, Vatsono," diris Holmso, post kiam nia vizitanto foriris. "Kiel vi taksas tiun aferon?"

"Mi ne scias, kion mi pensu pri ĝi," mi respondis rekte. "Ĝi ŝajnas esti tre mistera."

"Ĝenerale, ju pli stranga la afero, des malpli mistera ĝi estas. La kutimaj, ordinaraj krimoj estas la plej misteraj, samkiel la ĉiutaga vizaĝo estas pli malfacile identigebla. Sed mi devas rapide solvi tiun kazon."

"Kion, do, vi intencas fari?" mi demandis.

"Fumi," li respondis. "Tiu problemo bezonas tri pipojn. Bonvolu ne paroli al mi dum la venontaj kvindek minutoj."

Li kurbiĝis en sia seĝo kaj tiris siajn genuojn al sia birdo-simila nazo. Jen li sidis kun siaj fermitaj okuloj. Lia nigra pipo aspektis kiel la beko de iu stranga birdo. Ŝajnis al mi, ke li endormiĝis, kaj ankaŭ mi ekdormetis, kiam li subite eksaltis el sia seĝo. Li metis sian pipon sur la kamenbreton kiel homo, kiu trovis solvon.

"Sarasate [10] ludas en la Halo de Sankta Jakobo tiu ĉi posttagmezo," li diris. "Kion vi pensas pri ĝi, Vatsono? Ĉu viaj malsanuloj povas malhavi vin dum kelkaj horoj?"

"Mi faras nenion hodiaŭ. Mia medicina praktiko neniam bezonas multe da tempo."

"Tiam surmetu vian ĉapelon kaj venu. Ni unue promenu tra la urbo, kaj tie ni povos manĝi ion. Mi vidas en la programo, ke ili ludas germanan muzikon, kaj tiun mi ŝatas pli ol la itala aŭ la franca. Germana muziko farigas min pensema, kaj mi volas pensi. Venu!"

Oni tuj malfermis la pordon.

Ni vojaĝis per metroo [11] ĝis Alderspordego, kaj ni promenis dum mallonga tempo al Saks-Koburga Placo. Tio estis la loko de la stranga rakonto, kiun ni aŭdis matene. Ĝi estis malgranda kaj malnobla placo. Videblis bruna tabulo kun la nomo "Jabezo Vilsono" sur domo ĉe la stratangulo. Tio estis la entrepreno de nia ruĝhara kliento. Ŝerloko Holmso staris antaŭ ĝi kaj rigardis ĝin kun klinita kapo. Liaj okuloj brilis malantaŭ liaj duone fermitaj palpebroj. Li paŝis malrapide tien-reen sur la strato, dum li rigardis la domojn. Fine, li refoje iris al la lombardejo kaj li batis la straton per sia bastono du aŭ tri foje. Li poste iris al la pordo kaj frapis. Oni tuj malfermis la pordon. Razita junulo petis nin eniri.

"Dankon, sed mi nur havas demandon. Kiel mi iru de ĉi tie al Strando?" diris Holmso.

"Sekvu la trian dekstran straton kaj poste la kvaran maldekstran," li tuj respondis kaj li fermis la pordon.

"Lerta ulo," rimarkigis Holmso, kiam ni foriris. "Mi taksas lin esti la kvara plej inteligenta viro en Londono. Rilate al lia aŭdaco, li eĉ povus okupi la trian rangon. Mi jam eksciis ion pri li."

"La asistanto de sinjoro Vilsono evidente ludas gravan rolon en tiu ĉi mistero. Mi certas, ke vi demandis pri la vojo nur por vidi lin."

"Ne lin."

"Do kion?"

"Mi volis vidi la genuojn de lia pantalono."

"Kion vi vidis?"

"Mi vidis tion, kion mi antaŭvidis."

"Kial vi batis sur la straton?"

"Mia kara doktoro, nun estas la tempo por observi, kaj ne por paroli. Ni estas spionoj en la lando de la malamiko. Ni nun ekkoniĝis Saks-Koburgan Placon. Ni nun esploru la partojn, kiuj estas malantaŭ ĝi."

Ni foriris de Saks-Koburga Placo kaj iris en flankan straton. La etoso tuj ŝanĝiĝis. La strato estis unu el la ĉefaj stratoj de la urbo. Ĝi estis plena de sennombraj homoj.

"Mi nur volas enmemorigi la sinsekvon de la domoj ĉi tie. Unu el miaj ŝatokupoj estas akiri bonegan scion pri Londono. Nun, doktoro, ni finis nian laboron, kaj la tempo venis por ripozi. Mi volas manĝi sandviĉon kaj trinki kafon. Poste mi volas aŭskulti la violonan koncerton senĝene."

Mia amiko estis entuziasma muzikisto. Li ne nur bone ludis la violonon, sed ankaŭ komponis. Li sidis en sia seĝo la tutan posttagmezon kaj aŭskultis la koncerton. Li svingis siajn longajn fingrojn laŭ la ritmo de la muziko. Lia rideto kaj revaj okuloj malsimilis al tiuj de la detektiva Holmso. Li havis du ecojn. Li povis esti treege ekzakta kaj lerta. Dum aliaj tempoj, tamen, li montris poetajn kaj meditemajn ecojn. Mi sciis bone, ke li povas esti treege kapabla, precipe post kiam li sidis tagojn en sia seĝo ludi la violonon. Tiam, lia kapablo rezoni pligrandiĝis al nivelo, kiu estis tute nekonata en aliaj homoj. Kiam mi vidis lin tiel aŭskulti la muzikon en la Halo de Sankta Jakobo, mi sciis, ke la krimuloj havos malbonan tempon.

"Sendube vi volas iri hejmen, doktoro," li diris kiam ni eliris el la Halo.

"Jes, tion mi volas fari."

Li sidis en sia seĝo la tutan posttagmezon kaj aŭskultis la koncerton.

"Kaj mi devas prizorgi diversajn aferojn. Tiuj daŭros kelkajn horojn. Tiu ĉi kazo estas serioza."

"Kial ĝi estas serioza?"

"Oni planas grandegan krimon. Mi kredas, ke ni ankoraŭ havas sufiĉe da tempo por interveni. Hodiaŭ estas sabato, kaj tio malfaciligas la aferon. Mi dezirus vian helpon hodiaŭ nokte."

"Kiam?"

"Je la deka estos sufiĉe frue."

"Mi tiam estos en Bakerstrato."

"Bone. Kaj mi avertas vin, doktoro. Eble estos iom da danĝero. Tial kunportu vian armean revolveron." Li mansvingis kaj tuj malaperis en la homamason.

Kvankam mi estis certa, ke mi ne estas pli stulta ol miaj najbaroj, mi tamen ĉiam sentis min stulta dum mi estis kun Ŝerloko Holmso. Mi aŭdis kaj vidis ĉion, kion li aŭdis kaj vidis. Evidente li sciis ne nur tion, kio okazis, sed ankaŭ tion, kio okazos estonte. La tuta afero, tamen, estis ankoraŭ senluma kaj groteska al mi. Mi pripensis ĉion, dum mi veturis hejmen al Kensingtono. Mi pripensis la strangan rakonton de la ruĝhara viro, kiu kopiis la Britan Enciklopedion, kaj nia vizito de Saks-Koburga Placo. Kio okazos dum tiu nokta entrepreno, kaj kial mi kunportu armilon? Kien ni iros, kaj kion ni faros? Holmso menciis, ke tiu asistanto estas timiga viro, kiu eble ludas malpuran ludon. Mi provis trovi solvon, sed senespere rezignis. La venonta nokto klarigos ĉion.

Estis kvarono post la naŭa, kiam mi eliris el mia hejmo por promeni al Bakerstrato. Mi atingis la apartamenton kaj vidis du fiakrojn antaŭ la enirejo.

Mi aŭdis voĉojn de supre. Mi eniris en la ĉambron kaj trovis Holmson paroli vigle kun du aliaj viroj. Unu el ili estis Petro Ĝonso, la loka polica oficisto. La alia estis granda viro kun malgaja vizaĝo, kiu portis brilan ĉapelon kaj respektindan vestaĵon.

"Ha! Ni nun estas kompletaj," diris Holmso, kiam li butonumis sian veston. Li prenis sian pezan vipon de la hoko. "Vatsono, mi pensas, ke vi jam konas sinjoron Ĝonso de Skotlanda Jardo [12]. Mi volas prezenti al vi sinjoron Merivetero, kiu kuniras kun ni ĉi-nokte."

"Hodiaŭ ni refoje ĉasas krimulon kune, doktoro," diris Ĝonso. "Nia amiko estas bonega viro por komenci la ĉason. Li nur bezonas spertan hundon por fari la kapton."

"Mi esperas, ke ni ne nur kaptos sovaĝan anseron," sombre diris sinjoro Merivetero.

"Vi povas fidi sinjoron Holmso, sinjoro," arogante diris la policano. "Li havas siajn proprajn metodojn. Tiuj estas, se li permesas al mi tion diri, iom teoriaj kaj fantaziaj. Tamen troveblas iom da detektivo en li. Ne estas troigo diri, ke en la kazo de la murdo de sinjoro Ŝolto [13], li estis pli ĝusta ol la oficiala polico."

"Ho, ĉar vi diras tion, sinjoro Ĝonso, ĉio ŝajnas esti bona," diris sinjoro Merivetero. "Mi tamen devas konfesi, ke mankas al mi briĝo [14]. Hodiaŭ estas la unua sabato ekde dudek sep jaroj, ke mi ne povas ludi briĝon."

"Vi baldaŭ eltrovos, ke via vetaĵo ĉi-nokte estos pli granda ol ĝi iam ajn estis, kaj ke la ludo estos pli interesa. Via gajno, sinjoro Merivetero, estos proksimume 30000 pundoj. Kaj vi, Ĝonso, kaptos la viron, kiun vi serĉas jam dum longa tempo."

"Johano Klejo estas murdinto, ŝtelisto kaj monfalsisto. Li estas juna viro, sinjoro Merivetero, sed li tamen estas unu el la plej elstaraj krimuloj. Mi preferas kapti lin ol iu ajn alia krimulo. Li estas rimarkinda viro, tiu Johano Klejo. Lia avo estis duko, kaj li mem studis en Etono kaj Oksfordo [15]. Lia cerbo estas same lerta kiel liaj fingroj. Kvankam ni trovas indicojn de li ĉie, ni neniam scias, kie li estas. Li rabas en Skotlando dum unu semajno, kaj en la posta semajno, li konstruas orfejon en Kornvalo. Mi ĉasis lin multajn jarojn, sed mi ankoraŭ ne povis kapti lin."

"Mi esperas, ke mi havos la plezuron prezenti lin al vi hodiaŭ nokte. Ankaŭ mi renkontis sinjoron Johano Klejo unu aŭ du foje, kaj mi konsentas, ke li estas unu el la plej elstaraj krimuloj. Estas nun post la deka, kaj ni devas komenciĝi. Vi ambaŭ prenu la unuan fiakron. Vatsono kaj mi prenos la duan."

Ŝerloko Holmso ne parolis multe dum la longa veturado. Li ripozis en la fiakro kaj kantetis la melodiojn, kiujn li aŭdis posttagmeze. Ni klakadis tra la stratoj, ĝis ni atingis Faringtonan Straton.

"Ni nun estas preskaŭ tie," diris mia amiko. "Tiu ulo Merivetero estas banka direktoro kaj li treege interesiĝas pri la afero. Mi pensis, ke estas bona ideo ankaŭ kunvenigi Ĝonson. Li ne estas malbonulo, kvankam li estas tuta sentaŭgulo rilate al sia profesio. Li ankaŭ havas bonajn ecojn, ĉar li estas sentima kiel dogo [16] kaj tre persistema. Ni alvenis kaj ili jam atendas nin."

Sinjoro Merivetero haltis por lumigi la lanternon.

Ni atingis la saman homplenan strateton, kie ni estis dum la mateno. Ni sekvis sinjoron Merivetero kaj ni iris laŭ mallarĝa strateto. Li malfermis pordon por ni. Malantaŭ ĝi estis malgranda koridoro kun fortega fera pordego. Ankaŭ tiun pordon li malfermis. Ni iris malsupren sur ŝtona ŝtuparo, kaj ni atingis alian grandegan pordon. Sinjoro Merivetero haltis por lumigi lanternon. Li gvidis nin tra malluma koridoro, kiu odoris je tero. Li malfermis plian pordon, kaj ni troviĝis en granda kelo kun grandaj kestoj.

"Ne estas facile atingi ĉi tiun kelon de supre," rimarkigis Holmso, dum li tenis supren la lanternon.

"Kaj ankaŭ ne de sube," diris sinjoro Merivetero kaj li batis sian bastonon sur la plankon. "Ho, ĝi sonas tre kave!" li diris, dum li rigardis nin.

"Mi devas petegi vin esti iom pli mallaŭta!" diris Holmso severe. "Vi jam riskis la sukceson de la tuta entrepreno. Bonvolu esti afabla kaj sidiĝu sur tiu kesto, kaj faru nenion."

Sinjoro Merivetero sidiĝis sur la kesto kun ofendita vizaĝesprimo. Holmso surgenuiĝis kaj ekzamenis la fendojn en la planko per sia lanterno kaj lenso. Post kelkaj sekundoj li ekstaris kontente kaj metis la lupeon en sian poŝon.

"Ni almenaŭ havas unu horon, ĉar ili ankoraŭ ne povas agi. Ili devas atendi ĝis nia lombardisto, Vilsono, dormos. Sed tiam, ili ne perdos eĉ unu minuton. Ju pli frue ili komencos labori, des pli da tempo ili havos por fuĝi. Certe vi jam divenis, doktoro, ke ni nun estas en la kelo de unu el la plej grandaj londonaj bankoj. Sinjoro Merivetero estas la direktoro, kaj li klarigos al vi, kial unu el la plej aŭdacaj krimuloj havas grandan intereson pri tiu ĉi kelo."

"Temas pri nia franca oro," flustris la direktoro. "Oni jam avertis nin plurfoje, ke oni volas ŝteli ĝin."

"Ĉu via franca oro?"

"Jes, ni pligrandigis nian oran stokon antaŭ kelkaj monatoj. Ni pruntis tridek mil Napoleonojn [17] de la Banko de Francio. La informo disvastiĝis, ke ni ne havis tempon por malpaki la monon, kaj ke ĝi ankoraŭ estas en nia kelo. La kesto, sur kiu mi sidas, enhavas du mil Napoleonojn. Ni nun stokas pli da oro ol antaŭe, kaj la estraro de la banko tial maltrankviliĝis."

"Tiuj zorgoj havas bonajn bazojn," konsentis Holmso. "Kaj nun ni devas fari planon. Mi antaŭvidas, ke post unu horo la afero finiĝos. Intertempe, sinjoro Merivetero, ni devas mallumigi la lanternon."

"Ĉu ni devas atendi sen lumo?"

"Mi timas, ke jes. Mi kunportis ludkartojn kaj esperis pasigi tempon per ili. Sed mi nun vidas, ke nia malamiko jam progresis multe. Ni ne risku malkovron pro la lumo. Kaj nun ni devas interkonsenti, kie ni staros. Ili estas aŭdacaj viroj. Sed kvankam ili havos malavantaĝon, ili eble faros malbonon, se ni ne estas atentemaj. Mi staros malantaŭ tiu ĉi kesto, kaj vi kaŝu malantaŭ tiuj. Kaptu ilin, kiam mi lumigos ilin per la lanterno. Se mi pafos, Vatsono, ankaŭ vi pafu."

Mi metis mian ŝarĝitan revolveron sur lignan keston, kaj mi kaŝis malantaŭ ĝi. Holmso fermis la lanternon kaj ĉio fariĝis tute malluma. Mi neniam antaŭe spertis tian nigrecon. La odoro de la varmega

Estas vane, Johano Klejo!

metalo de la lanterno tamen montris, ke la lumo ankoraŭ brulis. Mi sentis min tre streĉa kaj la subita mallumo deprimis min.

"Ili nur havas unu elirejon, kaj tiu gvidas reen al la domo kaj al Saks-Koburga Placo," flustris Holmso. "Mi esperas, ke vi faris tion, kion mi diris al vi, Ĝonso."

"Unu inspektoro kaj du oficistoj atendas ĉe la pordo."

"Ni, do, fermis ĉiujn elirejojn. Ni nun devas silenti kaj atendi."

La tempo pasis malrapide. Ni atendis unu horon kaj kvaronon, tamen ŝajnis al mi, ke preskaŭ jam tagiĝas. Mi sentis miajn brakojn kaj piedojn fariĝi rigidaj, ĉar mi timis moviĝi. Miaj nervoj, tamen, estis tute streĉitaj. Mi aŭskultis atenteme, kaj povis aŭdi la profundan spiradon de Ĝonso kaj tiu de Merivetero. Mia loko permesis al mi vidi trans la kesto al la planko. Subite mi vidis malgrandan ekbrilon de lumo. Komence videblis nur hela fendo en la ŝtona planko. Ĝi pligrandiĝis al flava linio. Sen averto, mano aperis el la planko. La mano estis blanka, kaj ĝi aspektis kiel tiu de virino. Ĝi palpis en la mezo de la lumo. Subite ĝi malaperis kaj ĉio refoje fariĝis malluma, krom la mallarĝa fendo inter la ŝtonaj platoj de la planko.

La mano, tamen, malaperis nur dum mallonga tempo. Unu el la grandaj kaj blankaj platoj turniĝis flanken kun laŭta bruo. Kvadrata truo aperis, el kiu brilis la lumo de lanterno. Knabeca vizaĝo rigardis el la truo. Li metis la manojn ambaŭflanken de la truo kaj li puŝis sin supren ĝis la genuoj estis sur la rando de la truo. Unu momenton poste, li tiris supren kunulon. Tiu viro estis same malgranda kiel li, kaj li havis palan vizaĝon kaj ruĝajn harojn.

"Ĉio bonas," li flustris. "Ĉu vi havas la ĉizilon kaj la sakojn? Je diablo, saltu! Saltu, kaj mi batalos kontraŭ ili!"

Ŝerloko Holmso saltis kaj kaptis la entrudulon ĉe la kolumo. La alia viro saltis en la truon. Mi aŭdis liajn vestaĵojn ŝiri, kiam Ĝonso provis kapti lin. Mi ekvidis revolveron en la lumo de la lanterno. Holmso batis ĝin el liaj manoj per sia vipo. La revolvero falis sur la ŝtonan plankon.

"Estas vane, Johano Klejo," diris Holmso senemocie. "Vi tute ne havas ŝancojn."

"Tion mi vidas," malvarme diris la alia. "Mi pensas, ke mia amiko fartas bone, kvankam mi povas vidi parton de lia vestaĵo."

"Tri policanoj atendas lin ĉe la pordo," diris Holmso.

"Ho, vere! Vi faris bonege. Mi devas laŭdi vin."

"Kaj mi devas laŭdi vin," respondis Holmso. "Via ruĝhara ideo estis nova kaj efika."

"Vi baldaŭ vidos vian amikon," diris Ĝonso. "Li grimpis suben en la truon pli rapide ol mi. Ne moviĝu, dum mi surmetas la mankatenojn."

"Ne tuŝu min per viaj malpuraj manoj," rimarkigis la malliberulo, kiam Ĝonso katenis lin.

"Vi sciu, ke mi havas reĝan sangon en miaj vejnoj. Ankaŭ estu afabla, kaj ĉiam diru 'sinjoro' kaj 'bonvolu.'"

"Bone," diris Ĝonso kun subrido. "Do, bonvolu iri supren, sinjoro, por ke ni prenu fiakron por veturigi vian reĝan moŝton al la policejo."

"Tio sonas pli bone," diris Johano Klejo. Li riverencis nin kaj foriris silente sub la gardo de Ĝonso.

"Vere, sinjoro Holmso," diris sinjoro Merivetero, kiam ni sekvis lin el la kelo, "mi ne scias kiel la banko povas danki vin. Sendube vi sukcese evitigis unu el la plej aŭdacaj provoj rabi bankon, kiun mi iam ajn spertis."

"Mi mem devis kvitigi unu aŭ du proprajn aferojn kun sinjoro Johano Klejo," diris Holmso. "Mi devis elspezi iom da mono por solvi la kazon. Mi esperas, ke la banko rekompencos min tiurilate. Krom tio, la sperto pri tiu unika kazo kaj la notinda renkonto kun la ruĝhara ligo sufiĉe rekompencas min."

"Sendube la koloro de la haroj de lia komplico donis la ideon al Klejo. La pago de kvar pundoj por semajno estis granda logilo. Tiu elspezo estis malgranda kompare al la estonta gajno. Ili anoncis la laboron en la gazeto. Unu fripono okupis la oficejon de la Ligo, dum la alia instigis Vilsonon kandidati por ĝi. Kune ili sukcesis teni lin for de lia domo dum ĉiu mateno en la semajno. Li havis asistanton kun duona salajro. Tial estis klare al mi, ke ekzistas iu forta kialo por organizi tiun aferon."

"Sed kiel vi divenis la motivon?"

"Se estus virino en la domo, tiam mi supozus simplan intrigon. Tio tamen, ne eblis. La entrepreno de Vilsono estas malgranda, kaj estis nenio en la domo, kiu pravigus tiajn preparojn kaj elspezojn. Devis esti io ekster la domo. Sed kio? Mi memoris, ke la asistanto malaperis en la kelon por riveli fotografaĵojn. La kelo! Jen la solvo. Mi enketis pri tiu mistera asistanto kaj eltrovis, ke li estas unu el la plej aŭdacaj krimuloj de Londono. Li faris ion en la kelo, ion, kio daŭris monatojn. Kio ĝi povus esti? Mi ne povis elpensi alian klarigon, ol tiu, ke li konstruas tunelon al alia domo."

"Mi sciis tion, kiam ni iris al Saks-Koburga Placo. Mi surprizis vin, kiam mi batis la straton per mia bastono. Mi volis eltrovi, ĉu la kelo estas antaŭ aŭ malantaŭ la domo. Ĝi ne troviĝis antaŭ la domo. Mi poste tiris la sonorilon, kaj la asistanto malfermis la pordon, kiel mi esperis. Ni neniam vidis unu la alian, kaj mi apenaŭ rigardis lian vizaĝon. Liaj genuoj estis tiaj, kiel mi antaŭvidis. Vi mem eble povis vidi, kiel eluzita kaj malpura lia pantalono aspektis. Tio estis pro la longa fosado. Sed kial li fosis? Mi iris malantaŭ la angulon kaj vidis la bankon apud la domo. Mi do sciis, ke mi solvis la problemon. Kiam vi veturis hejmen, mi informis Skotlandan Jardon kaj la direktoron de la banko. La ceteron de la rakonto vi ja mem spertis."

"Kaj kiel vi povis ekscii, ke ili agos ĉi-nokte?" mi demandis.

"Nu, ili fermis la oficejon de la Ligo, kaj tio estis indiko, ke ili ne plu zorgas pri la kunesto de sinjoro Jabezo Vilsono. Alivorte, ili finis fosi la tunelon. Sed estis grave, uzi ĝin baldaŭ. Oni povus malkovri la tunelon, aŭ povus forigi la oron. Sabato estas pli konvena ol aliaj tagoj, ĉar ĝi donus al ili du tagojn por fuĝi. Pro ĉi tiuj kialoj mi antaŭvidis, ke ili venos ĉi-nokte."

"Vi rezonis bone," mi diris kun admiro. "Kvankam tio estas longa ĉeno, ĉiu ĉenero pravis."

"Pro tiu kazo mi ne sentis min enuigita," li respondis kun oscedo. "Ho ve, mi jam sentas ĝin. Mia vivo estas longdaŭra provo fuĝi de la kutimeco de mia propra ekzisto. Tiuj malgrandaj problemoj helpas min tiurilate."

"Kaj vi helpas la homaron," mi diris.

Li skuis la ŝultrojn. "Nu, eble, post ĉio, la kazo ja estis iel utila," li rimarkigis. "'La homo estas nenio, la verkaro ĉio,' skribis *Gustave Flaubert* al *George Sand* [18]."

Notoj

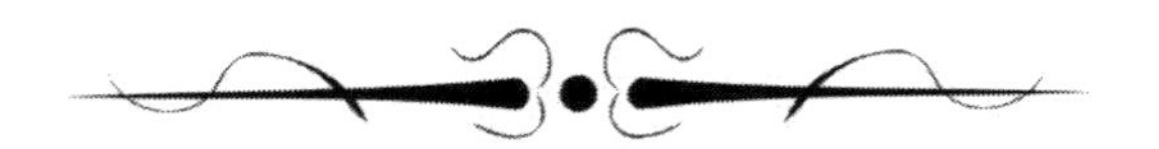

[1] Doktoro Vatsono estas la rakontanto, kiu kronikas la aventurojn de Ŝerloko Holmso. Li estas la fikcia biografo de Holmso.

[2] Flartabako estas tabako, kiun oni enspiras per la nazo.

[3] Framasonoj estas anoj de tutmonda organizaĵo. Ili volas plibonigi la mondon kaj uzas malnovajn ritojn.

[4] Lignaĵistoj konstruas meblojn el ligno.

[5] Kvar pundoj en la jaro 1890 nun estus proksimume £470.

[6] Lombardejo: En lombardejoj oni povas prunti monon. Oni devas deponi personan posedaĵon (ekzemple horloĝon, ktp.) kiel garantiaĵo.

[7] Rivelado estas kemia traktado de fotografa papero aŭ negativo por aperigi la bildon.

[8] Suvereno (angle *sovereign*) estis brita ora monero, kun la valoro de unu pundo.

[9] Cigano apartenas al tradicie nomada gento, kiu origine devenas el Hindio.

[10] Sarasate: *Pablo Martín Melitón de Sarasate* (1844-1908) estis violona virtuozo.

[11] Metroo estas subtera fervojo. La unua londona metroo estis inaŭgurita en 1863.

[12] Skotlanda Jardo (angle *Scotland Yard*) estas la administrejo de la Metropola Polico en Londono.

[13] La murdo de sinjoro Ŝolto okazis en la kazo "La signo de la kvaro".

[14] Briĝo estas populara kartludo.

[15] Etono kaj Oksfordo estas elitaj lernejo kaj universitato.

[16] Dogo estas hunda raso.

[17] Napoleono (france *Napoléon*) estis franca ora monero.

[18] *Gustave Flaubert* (1821-1880) kaj *George Sand* (1804-1876) estis francaj verkistoj.

Printed in Great Britain
by Amazon